LE PORTRAIT

OU

LA MATINÉE D'UN AMATEUR.

LE PORTRAIT

OÙ

LA MATINÉE D'UN AMATEUR.

ANECDOTE NOUVELLE.

PAR GUILLAUME-STANISLAS ANDRIEUX,

Membre de l'Institut et de la Légion d'Honneur.

1811.

LE PORTRAIT

OU

LA MATINÉE D'UN AMATEUR.

ANECDOTE NOUVELLE.

MAI 1811.

Au Luxembourg respirant sous l'ombrage

L'autre matin, j'avais fait quelques tours,

Rêvant à rien, comme c'est mon usage.

Je vois venir l'Apelle de nos jours,

Notre grand peintre, enfin David lui-même.

Je cours à lui : « Par quel bonheur extrême, »

Lui dis-je alors, « te rencontré-je ici?

« Mais réponds-moi de grâce ; as-tu fini

« Ce cher portrait que ta rare science

« Retarde trop pour notre impatience ?

« Combien de gens, par le nœud des bienfaits,

« Sont au modèle attachés pour jamais!

« Fait pour avoir des amis véritables,

« Il est l'objet de sentimens durables.

« Quand verra-t-on ce chef-d'œuvre nouveau,

« Digne, à coup sûr, de ton mâle pinceau ? »

David semblait content. Sur sa figure,

Certain sourire était de bon augure.

—« C'est le discours que j'attendais de toi,

« Et ma réponse est prête ; viens, suis-moi.

« De ce jardin ma demeure est voisine ;

« Viens, ce portrait va s'offrir à tes yeux ;

« Chez moi, d'amis un groupe curieux

« En ce moment le juge et l'examine.

« Je suis sorti ; j'ai voulu librement

« Leur laisser dire à tous leur sentiment.

« Rejoignons-les. » Moi de lui rendre grâces,

Et sur les pas du peintre des Horaces

De me hâter jusqu'à son logement.

Avec respect j'aborde cette enceinte

Que le talent rend vénérable et sainte ;

A chaque pas un chef-d'œuvre de l'art

Frappe d'abord, attire le regard ;

Mais occupé d'une seule pensée,

Sans m'arrêter, je cours à l'atelier ;

J'entre, et l'objet que je vois le premier,

C'est le portrait qu'une foule empressée

Entoure, admire.....A peine l'ai-je vu,

Que de plaisir et de surprise ému,

Je reconnais auprès de moi sans peine

Les amateurs ou plutôt les amis

Que dans ce lieu même désir amène,

Tous de pensée et de cœur réunis ;

Gens à citer, à louer sans scrupule ;

C'est notre Plaute (1) avec notre Tibulle (2);

C'est ce Guillard, dont la muse a fourni

Des chants si beaux à Gluk, à Sacchini;

L'auteur piquant de Raison et folie (3)

Qui, de la femme observateur malin,

Sage en riant, philosophe badin,

Lance un précepte armé d'une saillie;

Le traducteur et fidèle et savant (4)

Qui, plein du feu de l'églogue latine,

Du grand Virgile a reproduit souvent

La mélodie et la douceur divine;

Et Campenon, le poëte des champs,

Qui toujours charme et jamais ne fatigue,

Lui dont les vers faciles et touchans

Ont rajeuni le vieil Enfant prodigue;

Et ce Roger qui, d'un art délicat,

Mit sur la scène un galant Avocat,

(1) M. Picard. (2) M. De Parny. (3) M. Lemontey. (4) M. Tissot.

Homme d'honneur ; et Duval-Alexandre ;

S'il eût voulu conclure le marché,

Plus d'un auteur n'eût pas été fâché

D'être acquéreur de sa Maison à vendre,

De maint ouvrage au théâtre applaudi,

Fruit d'un génie inventif et hardi ;

Et Le Bailly, l'élégant fabuliste ;

Et mon cher Droz, aimable moraliste,

Qui, du bonheur parlant d'un noble ton,

Réconcilie Épicure et Platon ;

Et vous, Davin (1), vous dont la touche heureuse

Peignit si bien cette fraîche glaneuse ;

Et sut depuis, dans un cadre plus grand,

Où tout votre art d'un nouvel éclat brille,

Plaçant ensemble et la mère et la fille,

Intéresser à ce tableau charmant ;

(1) Madame Davin, élève de M. David, a fait le portrait en pied de madame la Comtesse Français de Nantes, et de sa fille.

Et Gautherot (1), digne élève du maître,

Rempli d'esprit, de goût, de sentiment,

Que maint triomphe a déjà fait connaître ;

D'autres encor, que je voudrais nommer ;

Le vers ingrat ne peut tout exprimer ;

Qu'on me pardonne ; il suffira d'apprendre

Qu'il n'en était pas un seul, moi compris,

Qui, pour soi-même, ou bien pour ses amis,

N'eût à Français quelques grâces à rendre.

Parny disait : « Je n'ai trouvé qu'en lui

« Faveur sans faste, et généreux appui. »

Picard disait : « Il m'a rendu mon frère,

« En le plaçant sous un climat plus doux ;

« J'ai vu renaître une santé si chère.

« Qui plus que moi peut lui devoir ? — Qui ? Nous,

(2) M. Gautherot, élève de David, auteur des tableaux de Chactas et
Atala ; de l'Empereur blessé devant Ratisbonne, etc.

« Criaient vingt voix, qui s'élevaient ensemble;

« Quel sentiment en ce lieu nous rassemble,

« Sinon l'élan d'une tendre amitié,

« Et le respect et la reconnaissance?

« De mille dons que sa bonté dispense

« Bien qu'il ait soin de cacher la moitié,

« Il est trahi par la publique estime,

« De son bon cœur salaire légitime;

« Il fait le bien par inclination,

« Par goût, par choix, sans ostentation :

« On lui sait gré, dans plus d'une famille,

« Du sort du fils, de l'hymen de la fille;

« Des longs malheurs il répare le tort;

« Rencontre-t-il quelques nochers débiles

« Qu'ont submergés nos tempêtes civiles?

« Il les console; il leur ouvre le port,

« Sans s'informer par quel vent, quel orage,

« Ni sur quel bord chacun a fait naufrage;

« Et sous ses lois, les partis différens

« Sont étonnés de confondre leurs rangs.

« Ami des arts, de ceux qui les cultivent,

« Son goût les cherche, et ses faveurs les suivent:

« Il fait bien mieux que protéger; il sert.

« Au vrai talent, dont la noble infortune

« Souvent se cache et craint d'être importune,

« J'ai vu par lui plus d'un service offert.

« J'ai vu Collin, au terme de sa vie,

« Tracer pour lui, d'une main affaiblie,

« Les derniers mots que sa plume ait écrits.

« Français les garde; il attache du prix

« A ce papier, à ce legs honorable.

« O Dalayrac! auteur fécond, aimable,

« Comme Collin, hélas! trop tôt ravi,

« Oui, de Français tu fus connu, chéri;

« Il admirait ta finesse et ta grâce;

« Honneur à lui dans le sacré vallon!

« Il a tant fait pour les fils d'Apollon !

« Que ne peut-il renaître un autre Horace

« Pour acquitter les dettes du Parnasse!

« Mais la peinture au moins a devancé,

« Dans ce dessein, sa sœur la Poésie ;

» Ce beau portrait à nos neveux laissé

« Va lui donner une immortelle vie. »

—« Que n'est-il vrai! que n'ai-je réussi, »

Reprend David, « au gré de mon envie !

« Mes bons amis, vous semblez tous ici

« Assez contens; je dois donc l'être aussi;

« A ce portrait j'ai mis un zèle extrême,

« Je vous l'avoue; oh! oui, mon cœur lui-même

« Guidait ma main; j'ai voulu, pour ma part,

« Me satisfaire ; on peint mieux ceux qu'on aime,

« Et c'est alors que l'on bénit son art. »

Mais voici bien le bon de l'aventure :

Comme il parlait, le bruit d'une voiture

Vient l'interrompre..... On n'arriva jamais

Plus à propos ; c'est madame Français,

Avec sa fille ; et d'abord la nature

Se fait entendre : « Ah! voilà bien Papa, »

Crie en entrant la naïve Élisa ;

Sa mère admire...... Autour d'elle on se presse ;

On parle tous, et l'on parle à la fois ;

Mais, dans le bruit de nos confuses voix,

Fort aisément celle à qui l'on s'adresse

Démêle estime, et respect et tendresse ;

Elle sourit, veut répondre....... on se tait.

— « Monsieur David! oh! Dieu! le beau portrait!

« Combien je suis touchée et satisfaite! »

On recommence encore ; on lui répète

Ce qu'on a dit. — « Messieurs, vous êtes tous,

« Je le vois bien, amis de mon époux ;

« Que je voudrais que cette matinée,

« A le fêter par vous tous destinée,

« Laissât du moins un peu de souvenir!

« Que j'en voudrais voir un tableau fidèle

« Qui sût ensemble encor nous réunir

« Près du portrait!.... et qui plût au modèle!

« Qui le fera? point d'éloges surtout;

« Car vous savez qu'ils sont peu de son goût. »

On me choisit alors pour secrétaire;

Et j'ai tâché que ce qui s'est passé,

Tout simplement, sans art, fût retracé

Dans le récit que j'ose de vous faire.

FIN.

DE L'IMPRIMERIE DE J. H. STONE.